रंग बदलते देखा है

(काव्य संग्रह)

सुनील कुमार

PUBLICATION

दिल्ली-110089, (भारत)

संस्करण : 2020
ISBN : 978-93-899840-9-5

प्रखर गूँज पब्लिकेशन
एच-3/2, सेक्टर-18, रोहिणी, दिल्ली-110089
दूरभाष : **7982710571, 7838505899, 011-27851059**

प्रथम संस्करण : 2020
मूल्य : 250/-

आवरण : दुर्गाप्रसाद

रंग बदलते देखा है (काव्य संग्रह)
By Sunil Kumar

Published by
PRAKHAR GOONJ PUBLICATION
Delhi-110089
E-mail : prakhargoonj@gmail.com
sinha.neelu123@gmail.com
Ph. : 011-27851059, 7982710571, 7838505899

समर्पण

परम पूज्य माता-पिता जी
को सम्मानपूर्वक समर्पित
यह छोटा-सा प्रयास

मेरी कलम से

साहित्य समाज का दर्पण होता है। अर्थात् जैसा समाज होता है, उसी के अनुरूप साहित्य की रचना भी होती है। साहित्यकार भी समाज का अंग होता है। वह जिस समाज में रहता है, उससे प्रभावित होता है तथा स्वयं भी समाज को प्रभावित करता है। साहित्यकार साहित्य की विभिन्न विधाओं के माध्यम से तत्कालीन समाज का चित्रण करता है। साहित्य की अन्य विधाओं के समान कविताएं भी व्यक्ति की भावाभिव्यक्ति का सशक्त माध्यम होती हैं। बहुत सारी बातें, जो सामान्यतः समझने में दुरूह होती हैं, कविताओं के माध्यम से आसानी से दूसरों तक प्रसारित की जा सकती हैं। मैंने भी अपने उदगारों को आप लोगों तक पहुंचाने के लिए कविताओं को माध्यम के रूप में चुना है, जो आप लोगों के समक्ष समेकित रूप से रंग बदलते देखा है काव्य संग्रह के रूप में प्रस्तुत है। इस संग्रह में समाहित मेरी कविताएं मेरे अब तक के अनुभवों का सार हैं। आशा है, ये कविताएं आपको आपके जीवन के अनुभवों से परिचित कराने में सहायक सिद्ध होंगी। आप लोगों के समक्ष यह संग्रह प्रस्तुत करने से पूर्व मैं स्पष्ट करना चाहता हूँ कि कविताओं के पाठन और लेखन में मेरी रुचि विद्यार्थी जीवन से ही रही है। अपने विद्यार्थी जीवन में मैंने अनेक छोटी-छोटी रचनाएं लिखीं, जो आज भी मेरी डायरी में संग्रहित हैं, लेकिन तब लेखन यदा-कदा ही करता था। वर्ष २०१० में पहली बार जब मेरी कविता वह सुबह कब आएगी हिंदी के एक दैनिक समाचार पत्र में प्रकाशित हुई, उसके बाद लोगों से मिली प्रतिक्रियाओं व प्रशंसाओं ने मेरे लेखन को निरंतरता प्रदान की। उसके बाद से लेखन का यह क्रम बदस्तूर जारी रहा। धीरे-धीरे मेरी कविताओं की संख्या जब एक सैकड़े का आंकड़ा पार कर गयीं, तब मेरे मन में इसे पुस्तक का रूप देने का विचार आया। अपने इस विचार को मूर्त रूप देने के लिए मैंने प्रकाशकों से संपर्क साधना शुरू किया। इसी दौरान संयोगवश मेरा संपर्क रश्मि प्रकाशन, लखनऊ के श्री हरे प्रकाश उपाध्याय जी से हुआ। उपाध्याय जी ने मेरी रचनाएं देखीं, पढ़ी और इसे पुस्तक का रूप देने की सहमति प्रदान की। और इस तरह वर्ष २०१६ में मेरा पहला कविता संग्रह खुशियों की तलाश में प्रकाशित हुआ। संग्रह प्रकाशन के एक वर्ष से भी कम

की अल्पावधि में मेरे संग्रह को पाठकों से जो स्नेह प्राप्त हुआ उससे मुझे मेरे अगले संग्रह प्रकाशन की प्रेरणा मिली। सौभाग्य वश इस संबंध में मेरी वार्ता प्रखर गूँज प्रकाशन की संस्थापक एवं प्रमुख संपादक आदरणीय नीलू सिन्हा जी से हुई। आदरणीय सिन्हा जी ने मेरी रचनाएं देखीं, पढ़ी और इसे काव्य संग्रह का रूप देने की सहमति प्रदान की। मेरी मनोकामना व आदरणीय नीलू सिन्हा जी की सहमति की परिणति आपके समक्ष रंग बदलते देखा है काव्य संग्रह के रूप में प्रस्तुत है। इस काव्य संग्रह में मेरी नई रचनाओं के साथ-साथ मेरे पहले कविता संग्रह की चुनिंदा रचनाएं भी शामिल हैं।

इस काव्य संग्रह के प्रकाशन में सहयोग देने के लिए सर्वप्रथम मैं अपने परिजनों के प्रति विशेष आभार व्यक्त करता हूँ, जिन्होंने मेरे लेखन कार्य में पारिवारिक जिम्मेदारियों को आड़े नहीं आने दिया। प्रस्तुत संग्रह प्रकाशन में मेरा मार्गदर्शन देने व समय-समय पर मेरी रचनाओं के परिवर्धन व परिमार्जन हेतु अपना अमूल्य सुझाव देने के लिए मैं लखनऊ विश्वविद्यालय शिक्षा संकाय की प्रोफेसर डॉ.अपर्णा गोडबोले, इंदिरा गांधी राष्ट्रीय मुक्त विश्वविद्यालय नई दिल्ली, के क्षेत्रीय निदेशक डॉ. अमित श्रीवास्तव, केयर इंडिया लखनऊ के शैक्षिक सलाहकार मृणाल मिश्र, सामाजिक कार्यकर्ता डॉ. जितेंद्र चतुर्वेदी, श्री ओम प्रकाश श्रीवास्तव सेवानिवृत्त प्रधानाचार्य सर्वोदय इंटर कॉलेज मिहींपुरवा, डॉ. रामप्रकाश रावत सेवानिवृत्त प्रधानाचार्य कोटवाधाम इंटर कॉलेज बाराबंकी, श्री राम हर्ष सेवानिवृत्त प्रधानाध्यापक पूर्व माध्यमिक विद्यालय महादेवा, खंड शिक्षा अधिकारी श्री वीरेंद्र नाथ द्विवेदी, श्री सोमनाथ यादव, श्री शमशेर, श्री आशीष सिंह, श्री बृजलाल वर्मा, श्री अखिलेश वर्मा, श्री अमित श्रीवास्तव, डॉ. जयंत कुमार एडिशनल सी.एम.ओ., इं. संत कुमार, श्री संतोष प्रधान, श्री जयंत कुमार, श्री जगदीश प्रसाद, श्री रामराज राना, श्री राम अभिलाष, श्री सिपाही लाल सहाय, डॉ. नंदकुमार राव, श्री रामेश्वर पवन के प्रति हृदय से आभारी हूँ। मुझे लेखन के लिए सदैव प्रेरित करने के लिए मेरे अग्रज प्रमोद कुमार, अनुज प्रदीप कुमार, संदीप कुमार, निहाल कुमार, नेहा, दिव्यांशी, राहुल आजाद, विशाल आजाद, डॉ. प्रिंस आजाद, काव्यांश, विजय सरोज, साईं दयाल, डॉ. महेंद्र रावत, राघवेंद्र रावत, राहुल रावत, संतोष रावत, आदेश रावत, मित्रगण

अविनाश, आलोक, राजेश कुमार, शरत चंद्र राय, रामूलाल, सुनील प्रकाश चौधरी, विजय प्रकाश भास्कर, जितेंद्र सिंह, सूर्य प्रताप पाल, अतुल अवस्थी, अजय त्रिपाठी, राजू जायसवाल, कुंवर दिवाकर सिंह, श्यामू सिंह, ध्रुव शर्मा, राजित राम निषाद, बलवंत सिंह, गिरीश राम, राजकुमार यादव, सगीर अंसारी, चंद्रेश राजभर, रविंद्र प्रताप सिंह, प्रभात शुक्ला, रामकुमार सैनी, खलीक अहमद, सुकुमार सरकार, बृजेश कुमार सलिल, प्रदीप कुमार पांडे, तनवीर आलम, डॉ. ज्योति शंकर मिश्र, डॉ. निरंकार जायसवाल, नरेंद्र चौहान, रईस अहमद सिद्दीकी, अखिलेश कुमार, शिवगोपाल, नितिन, श्रवण सिंह, श्यामपाल चौधरी, जगतार सिंह, हबीबुल्लाह खां, राजेश गुप्ता, नूर मोहम्मद, आशीष मिश्र, संदीप मेहरोत्रा, राजेश अवस्थी, ओमकार प्रकाश तिवारी, मो. असलम वारसी, फारिक अहमद, अतुल त्रिपाठी, राम बिहारी तिवारी, श्रीनिवास शुक्ल, जयचंद वर्मा, डॉ. नंद कुमार शुक्ला, कृष्ण कुमार श्रीवास्तव, आनंद पाठक, विजय उपाध्याय, राकेश श्रीवास्तव, विद्या विलास पाठक, रामफेरन विश्वकर्मा, बसंतलाल रस्तोगी, अनिल सिंह, सुनील मिश्र, रवि शुक्ला, अशोक गुप्ता, सुनीता भूषण, शोभना रावत, पूजा वर्मा, बबिता, शिखा दुबे, विनीता, कंचन, अनीता, सुमन सिंह, प्रियंका, प्रीति सक्सेना, रेनू चतुर्वेदी, सरोज वर्मा, जया, रीना, मधु चौधरी, उषा सिंह, नेहा तबस्सुम, सत्यभामा देवी, नईमा खातून, आदि के प्रति भी हृदय से आभार व्यक्त करता हूँ। पुस्तक के प्रकाशन में विशेष रूचि लेने व पूर्ण सहयोग देने के लिए प्रखर गूंज प्रकाशन की संस्थापक आदरणीय नीलू सिन्हा जी का हृदय से आभार।

पुस्तक के संबंध में आपकी प्रतिक्रियाओं और सुझावों का सदैव इंतजार रहेगा।

शुभकामनाओं के साथ आपका

सुनील कुमार
पता-ग्राम फुटहा कुआं, निकट पुलिस लाइन
जिला-बहराइच, उत्तर प्रदेश।
मो. : 6388172360
ई-मेल: kumarsunil81f@gmail.com

क्रम तालिका

रंग बदलते देखा है

इस रंग बदलती दुनिया को
हर रंग बदलते देखा है
मैंने मौसम की तरह
अपनों को बदलते देखा है
बचपन के स्वप्न जवां न हुए
सपनों को बिखरते देखा है
रंग-बिरंगे गुलशन को
पल भर में उजड़ते देखा है
मासूम बचपने को
रोटी के लिए सिसकते देखा है
मां की सूनी आंखों को
बिन घन के बरसते देखा है
बच्चों की खुशियों के आगे
एक बाप को झुकते देखा है
कभी मैं भी खुलकर हंसता था
तुम्हारी ही तरह
आज पुरानी तस्वीरों में
खुद को हंसते देखा है
इस रंग बदलती दुनिया को
हर रंग बदलते देखा है।

सुनील कुमार

माँ तुझे सलाम

वंदन-नमन-अभिनंदन बारम्बार करते हैं
मां भारती तुझको हम सलाम करते हैं।
तन-मन-धन तुझ पर कुर्बान करते हैं
मां भारती तुझको हम सलाम करते हैं।
खंडित कभी न होगी हिंद की अखंडता
ये एलान हम सरे आम करते हैं
मां भारती तुझको हम सलाम करते हैं।
करुणा का तेरी हम गुणगान करते हैं
मां भारती तुझको हम सलाम करते हैं।
जब तक जिएं शीश उठा कर जिएं
दिल में बस यही अरमान रखते हैं
मां भारती तुझको हम सलाम करते हैं।
कबीर-रहीम-तुलसी तेरा यशगान करते हैं
हम हिंद के वासी तुझ पर जां निसार करते हैं
मां भारती तुझको हम सलाम करते हैं।
मेरे हिंद के जैसा नहीं कोई दूजा वतन
ये लोग सकल जहांन कहते हैं
मां भारती तुझको हम सलाम करते हैं।
महिमा का तेरी सब बखान करते हैं
मां भारती तुझको हम सलाम करते हैं।

वह सुबह कब आएगी

वह सुबह कब आएगी
जब हर थाली भर जाएगी
हर तन को मिलेगा वस्त्र
पेट को रोटी मिल जाएगी
बेरोजगारों की भीड़ में
रोजी रोटी मिल जाएगी
वह सुबह कब आएगी
जब हर थाली भर जाएगी।
हर मां बहन बेटी बहू
शोषण से बच जाएगी
बिन दहेज हर एक बेटी
बहू जब बन जाएगी
वह सुबह कब आएगी
जब हर थाली भर जाएगी।
जात-पात और छुआछूत
धरा से मिट जाएगी
निरक्षरता और निर्धनता
तड़प तड़प मर जाएगी
वह सुबह कब आएगी
जब हर थाली भर जाएगी।
सदियों से पड़ी बंजर भूमि
दुल्हन की तरह सज जाएगी
मातृभूमि अपनी फिर से जब
सोने की चिड़िया कहलाएगी
वह सुबह कब आएगी

सुनील कुमार

जब हर थाली भर जाएगी।
लोभियों के हाथों जब
शासन सत्ता न जाएगी
भारत मां के आंचल में
प्रेमकली मुस्काएगी
वह सुबह कब आएगी
जब हर थाली भर जाएगी।
मेरे प्यारे वतन को
नई दिशा मिल जाएगी
विश्व शांति का गीत जब
हर जुबां दुहराएगी
वह सुबह कब आएगी
जब हर थाली भर जाएगी।

ऋतुराज बसंत

ऋतुराज बसंत जब आते हैं
सुखद एहसास दिलाते हैं
वृक्ष नव पल्लवों से ढक जाते हैं
पुष्प मधुर सुगंध फैलाते हैं
ऋतुराज बसंत जब आते हैं।
मां सरस्वती का पूजन-अर्चन कर
लोग सौभाग्य का सुख पाते हैं
ऋतुराज बसंत जब आते हैं।
आम के वृक्ष मंजरियों से लद जाते हैं
सरसों के सुंदर पीले फूल
सबके मन को हर्षाते हैं
ऋतुराज बसंत जब आते हैं।
तन-मन में उमंग भर जाते हैं
ऋतुराज बसंत जब आते हैं।
देख प्रकृति की छटा निराली
लोग राग-रंग का उत्सव मनाते हैं
ऋतुराज बसंत जब आते हैं।

सुनील कुमार

दुनिया ऐसी हो

हर हाथ को काम
हर पेट को रोटी हो
हमारी आज की दुनिया ऐसी हो
हरी भरी फसलों से
लहराती खेती हो
हमारी आज की दुनिया ऐसी हो
भ्रष्टाचार रिश्वतखोरी
फूट-फूट कर रोती हो
अत्याचार शोषण से मुक्त
हर मां बहन बेटी हो
हमारी आज की दुनिया ऐसी हो
दहेज की बलि चढ़ने वाली
कोई बहन न बेटी हो
हमारी आज की दुनिया ऐसी हो
छोड़ कर राह हिंसा की
अहिंसा का पथ लेती हो
हमारी आज की दुनिया ऐसी हो
राष्ट्रहित सम्मान का प्रण
प्रतिपल जनता लेती हो
हमारी आज की दुनिया ऐसी हो।

माटी कहे मानव से

माटी का तन ये मानव
माटी में मिल जाना है
दुनिया ये एक रैन बसेरा
सबको एक दिन जाना है।
न संग कुछ लाया तू अपने
न संग कुछ ले जाना है
माटी का तन ये मानव
माटी में मिल जाना है।
न कुछ तेरा न कुछ मेरा
सब कुछ यहां बेगाना है
पानी का बुलबुला ये जीवन
सांसो का न कोई ठिकाना है।
जोर चलेगा न कोई तेरा
पल भर में सब मिट जाना है
माटी का तन ये मानव
माटी में मिल जाना है।
नाम के हैं सब रिश्ते नाते
सांसों तक ताना-बाना है
सांस रुके जिस पल
खत्म सब फसाना है
माटी का तन ये मानव
माटी में मिल जाना है।

सुनील कुमार

जिंदगी

ए जिंदगी एक सवाल है तुझसे
आखिर क्यों परेशान है सब मुझसे
क्या मैं औरों की तरह इंसान नहीं
या दिल में मेरे कोई अरमान नहीं
औरों की ही तरह मैं भी तो
निकला हूँ खुशियों की तलाश में
एक सुखद कल की आस में
फिर क्यों नाराज हैं सब मुझसे
ए जिंदगी ये ही सवाल है तुझसे।
औरों की ही तरह मैं भी
पूरे करना चाहता हूँ
अपने सब अरमान
मैं भी भरना चाहता हूँ
उन्मुक्त उड़ान
बुलंदियों के आसमान में
अपनी मंजिल की तलाश में
फिर क्यों है सब परेशान
क्यों करते हैं मुझसे गैरों से व्यवहार
क्या मैं इस धरा का इंसान नहीं
या सपने देखने का मुझे अधिकार नहीं है
ए जिंदगी अब तू ही जवाब दे
मुझे भी जीने का अधिकार दे।

मानवता

आधुनिकता की इस दौड़ में
देखो मानव कैसे दौड़ रहा
गला काट प्रतिस्पर्धा में
मानवता को है भूल रहा।
निज स्वार्थ में मानव
लोकमंगल की कामना भूल रहा
लोभ वासना के चक्कर में
मानवता को है भूल रहा।
भौतिक सुख-सुविधाओं के पीछे
दिन-रात मानव दौड़ रहा
सदाचार और मानवता
दिन-ब-दिन है भूल रहा।
दूसरों के दुःख-दर्द से मानव
आज हो कितना दूर रहा
आधुनिक इस परिवेश में
मानवता को है भूल रहा।

सुनील कुमार

मैं नारी हूँ

न मैं अबला न बेचारी हूँ
मैं शक्ति स्वरूपा नारी हूँ
मां-बहन-बेटी-बहू
रूप अनेक धारी हूँ
मैं शक्ति स्वरूपा नारी हूँ ।
बाबुल की मैं राजकुमारी
प्रीतम को अति प्यारी हूँ
मैं शक्ति स्वरूपा नारी हूँ ।
खुशियों पर अपनों के
सब कुछ अपना वारी हूँ
मैं शक्ति स्वरूपा नारी हूँ ।
विपदाओं से लड़ी हमेशा
कभी न हिम्मत हारी हूँ
आज नहीं आदि काल से
दुष्टों को संहारी हूँ
मैं शक्ति स्वरूपा नारी हूँ ।

गाँव जाना चाहता हूँ

घुट रहा है दम मेरा
शहर की इन फिजाओं में
अब सुकून भरी छांव चाहता हूँ
इसलिए गांव जाना चाहता हूँ।
तरस गए देखे बिन अपनों को नैन
कटते नहीं अब तो मेरे ये दिन रैन
सीने से लगकर अपनों के
अपनत्व का भाव चाहता हूँ
इसलिए गांव जाना चाहता हूँ।
सूने सूने लगते हैं मेरे ये दिन रैन
मिलता नहीं कहीं एक पल भी अब चैन
खत्म करना अब मैं सब दुराव चाहता हूँ
इसलिए गांव जाना चाहता हूँ।
बहुत ऊब गया मन इन शहरी पकवानों से
मां के हाथों खाना रोटी दाल चाहता हूँ
इसलिए गांव जाना चाहता हूँ।
एकाकी बहुत है यहां सबका मन
खाली खाली सा लगता है जीवन
मिलता नहीं यहां गांव वाला वो अपनापन
मिलजुलकर मनाना सब तीज त्यौहार चाहता हूँ
बांटना खुशियां और पाना प्यार चाहता हूँ
इसलिए गांव जाना चाहता हूँ।

सुनील कुमार

तन्हाइयाँ

तन्हाइयों में अक्सर
खुद से बात कर लेता हूँ
जज्बातों को अपने
कागज पर उतार लेता हूँ
जब भी आती है याद तुम्हारी
तुझ संग बीते लम्हों को
याद कर लेता हूँ
जब भी उदास कर देती हैं
मेरी तन्हाइयाँ मुझे
तेरी सूरत को
बंद आंखों से निहार लेता हूँ
तन्हाइयों में अक्सर
मैं खुद से बात कर लेता हूँ।

जख्म

जख्म सीने में दबाकर रखते हैं
दर्द अपना छुपा कर रखते हैं
जब से सुना है
खिलौने की तरह खेलते हैं
यहां जज्बातों से लोग
हम सबसे कम मिलते हैं।
सब कहते हैं मोहब्बत में
दो दिल मिलते हैं
पर सच तो ये है मोहब्बत में
दर्द ही दर्द मिलते हैं।
सुना था जिंदगी के सफर में
हमसफर मिलते हैं
पर इस जहां में तो
मतलब परस्त मिलते हैं।

सुनील कुमार

धरती माता

धरती है हम सब की माता
हम इसकी संतान हैं
धरती से है अन्न-जल-जीवन
धरती से ही सकल जहान है।
कहीं नदी कहीं है झरना
कहीं पर्वत-वृक्ष विशाल हैं
धरती है हम सब की माता
हम इसकी संतान हैं।
पले-बढ़े हम इस धरती पर
इस धरती पर हमको नाज़ है
धरती है हम सब की माता
हम इसकी संतान हैं।
धरती अपनी है करुणा का सागर
ममता की ये भंडार है
धरती अपनी स्वर्ग से सुंदर
महिमा इसकी अपरंपार है
धरती है हम सब की माता
हम इसकी संतान हैं।

दीपक बन जलते रहना

दीपक बन जलते रहना
खुद जल रौशन जग करना
अंधेरों से नहीं तुम डरना
दीपक बन जलते रहना।
सुख-दुख सब मिलकर सहना
पीड़ा सदा सबकी हरना
उमंग नया जीवन में भरना
दीपक बन जलते रहना।
बैर कभी न किसी से करना
मिल-जुलकर सबसे रहना
दीपक बन जलते रहना।
कटु वचन न कभी कहना
आस नई सब में भरना
जीवन पथ पर बढ़ते रहना
दीपक बन जलते रहना।

सुनील कुमार

मान बढ़ाती बेटियाँ

सुख दुःख में मां-बाप के काम आती हैं बेटियाँ
जीवन भर साथ मां-बाप का निभाती हैं बेटियाँ
कभी बेटी कभी बहन का फर्ज निभाती हैं बेटियाँ
पढ़ लिख कर मां-बाप का मान बढ़ाती हैं बेटियाँ
खबर सुनकर मां-बाप के परेशानियों की
नंगे पांव दौड़ी चली आती हैं बेटियाँ
दुख मां-बाप का सह नही पाती हैं बेटियाँ
जीवन भर मां-बाप का साथ निभाती हैं बेटियाँ
बांध भाई की कलाई पर स्नेह का धागा
रक्षा कवच बन जाती हैं बेटियाँ
वक्त पड़े तो दुर्गा-चंडी-काली भी
बन जाती हैं बेटियाँ
बेटी रूप घर-आंगन मां-बाप का
चहकाती हैं बेटियाँ
पत्नी रूप घर पति का महकाती हैं बेटियाँ
सत्कर्मों से अपने घर-आंगन को स्वर्ग बनाती हैं बेटियाँ।

बेड़ियां पांव की

सदियों से पड़ी हैं बेड़ियां पांव में
फिर भी चलती हूँ मैं धूप छांव में
कभी तपती दुपहरी तो कभी शीतल छांव में।
मैं चलती हूँ अक्सर
अपने वजूद की तलाश में
मैं मुक्त होना चाहती हूँ
इन बेड़ियां के बंधन से
जो बात बात पर मुझे टोकती हैं
मेरे बढ़ते कदमों को रोकती हैं
ये बेड़ियां जो रोज देती हैं
मुझे ताने-उलाहने
पर मैं कर देती हूँ अक्सर नजर अंदाज़
इनके तानों को इनके उलाहनों को
क्योंकि मुझे सलीके से तोड़ना है
इन बेड़ियों का मजबूत जाल
और जाना है चौखट के उस पार
भरनी है मुझे उन्मुक्त उड़ान
पूरे करने हैं अपने सब अरमान
मैं जानती हूँ ये बेड़ियां
मुझे आगे बढ़ने से रोक नहीं पाएंगी
मेरे हौसलों के आगे ये टूटती जाएँगी
धीरे-धीरे खो देंगी ये अपना वजूद
और एक दिन खुद ही कर देंगी
मेरे पांवों को अपने बंधन से आजाद
चौखट के उस पार जाने को
सपनों को सच कर दिखाने को।

सुनील कुमार

छोड़ कर जा रही हो अकेला

छोड़ कर जा रही हो अकेला
सूना कर अपना बसेरा
संग जा रही हैं आज तुम्हारे
मेरी खुशियां भी सारी
तुम बिन कैसे होगी अब
मेरी रंग भरी होली
और जगमग दिवाली
काश तुम साथ हमारा
जीवन भर निभाती
और मेरे बाद तुम जाती
काश तुम्हारे साथ कुछ पल
और बिता पाता
खुशियां थोड़ी और पा जाता
पर नहीं, तुमको तो जैसे जाने की जल्दी थी
खुशियां हमारी तुमको खलती थी
ठीक है तुमने अपने मन की तो कर ली
खुशियां हमारी सब हर ली
पर बसेरा अपना ये भूल न जाना
दूर से ही सही पर स्नेह सदा बरसाना।।

अन्नदाता किसान

देख दशा किसान की
मन बहुत व्यथित है आज
अन्नदाता ही इस देश का
क्यों है आज बेहाल।
खून-पसीना एक कर
करता जो निस दिन काम
जाड़ा-गर्मी-बरसात
कभी करता नही आराम
फिर अन्नदाता ही इस देश का
क्यों है आज बेहाल।
कभी ओला-कभी बारिश
कभी तेज आंधी-तूफान
प्रकृति का हर प्रकोप
सहता है किसान
फिर अन्नदाता ही इस देश का
क्यों है आज बेहाल।
कृषि प्रधान देश अपना
कृषक ही इसकी शान
जय जवान-जय किसान
कहता सकल जहान
फिर अन्नदाता ही इस देश का
क्यों है आज बेहाल।
खून-पसीने से अपने
करता धरती का श्रृंगार
फिर अन्नदाता ही इस देश का
क्यों है आज बेहाल।

सुनील कुमार

फर्ज निभाती है

भूख मिटाने को बच्चों की
खुद भूखी रह जाती है
सुख की नींद सुलाने बच्चों को
खुद कांटो पर रात बिताती है
वो मां है जो बिना स्वार्थ
अपना फर्ज निभाती है।
अंगुली पकड़कर बच्चों की
चलना जो सिखाती है
भले बुरे का भेद बता कर
जीवन राह दिखाती है
वो मां है जो बिना स्वार्थ
अपना फर्ज निभाती है।
धूल सने बेटे को भी मां
चंदा सूरज बतलाती है
लाख खता भले कर ले बेटा
सीने से उसे लगाती है
वो मां है जो बिना स्वार्थ
अपना फर्ज निभाती है।
घिर आते जब दुःख के बादल
सुख की बूंदे बरसाती है
घर आंगन में सदा
ममता के मोती लूटाती है।
हमें बनाने को लायक
सारा जीवन कष्ट उठाती है
वो मां है जो बिना स्वार्थ
अपना फर्ज निभाती है।
जीते जी कर्ज ममता का चुकाती है
मरते मरते भी दुआ
जीने की वो दे जाती है।

फर्क पड़ता है

बहुत फर्क पड़ता है
जब कोई अपना दूर होता है
तनहा जीने को
दिल ये मजबूर होता है।
बहुत फर्क पड़ता है
जब कोई मासूम
भूख से बिलखता है
मिटाने को भूख अपनी
रोटी चोरी करता है।
बहुत फर्क पड़ता है
जब कोई सैनिक
सीमा पर शहीद होता है
पलकें बिछाए बेटा उसका
राहें उसकी तकता है।
बहुत फर्क पड़ता है
जब मां बेटे का इंतजार करती है
खुशियों के खातिर उसकी
अपनी जां निसार करती है।
बहुत फर्क पड़ता है
जब कोई बाप दहेज के खातिर
घर अपना गिरवी रखता है
भीगी पलकों से अपनी
बेटी को विदा करता है।
बहुत फर्क पड़ता है
जब कोई अबला

सुनील कुमार

चित्कार करती है
कानून की देवी से
न्याय की गुहार करती है।
बहुत फर्क पड़ता है
जब कोई किसान
कर्ज़ की सूली चढ़ता है
अन्नदाता ही इस देश का
भूख से मरता है।
बहुत फर्क पड़ता है
जब कोई घुट-घुट कर जीता है
पर दर्द उसका ये जहां नहीं समझता है।

कैसे होते हैं बाबूजी

हमसे पूछो कैसे होते हैं बाबूजी
घर की नैय्या मां, पतवार होते हैं बाबूजी
दिन रात मेहनत कर
घर परिवार चलाते बाबूजी
भले बुरे का भेद बता कर
सही राह दिखाते बाबूजी
भरपेट हमें खिलाने के खातिर
खुद भूखे रह जाते बाबूजी
हमें सुलाने के खातिर
खुद जागते बाबूजी
हमें दिलाकर बस्ता कॉपी और किताब
स्कूल पहुंचाते बाबूजी
हो जाते जो कभी हम बीमार
दवा कराने ले जाते बाबूजी
सैर सपाटा हमें कराने
कंधे पर बिठाते बाबूजी
रूठ जाते जो हम कभी
हमें मनाते बाबूजी
धूल सने कपड़ों में भी
हमें गले लगाते बाबूजी
सुनते हमारी हर एक बात
रखते अपने से भी ज्यादा ख्याल बाबूजी
खुशियों के खातिर हमारी
देते अपनी सारी खुशियां त्याग बाबूजी
दिल में है बस यही अरमान
हर जन्म मिले तुम्हारा प्यार बाबूजी।

सुनील कुमार

क्या कहलाते हैं

कुछ रिश्ते जो खून के रिश्तों
से भी बढ़कर नजर आते हैं
एहसास अपनेपन का कराते हैं
बताओ वो रिश्ते क्या कहलाते हैं।
बात दिल की कहे बिना ही समझ जाते हैं
सुख दुख दोनों में ही साथ निभाते हैं
बताओ वो रिश्तें क्या कहलाते हैं।
दवा हर दर्द की बन जाते हैं
मरहम जख्म पर लगाते हैं
सुकून दिल को पहुंचाते हैं
बताओ वो रिश्ते क्या कहलाते हैं।
मेरे रोने पर रोते हैं
मेरे हंसने पर मुस्कुराते हैं
बताओ वो रिश्ते क्या कहलाते हैं।

हमारी भाषा हमारा अभिमान

हमारी गीता हमारा कुरान है
हमारी भाषा हमारा अभिमान है।
सभी भाषाओं में श्रेष्ठ इसका स्थान है
इस भाषा में सृजित साहित्य महान हैं
हमारी भाषा हमारा अभिमान है।
सरलता और सहजता इसकी पहचान है
आत्मसात करना इसे बड़ा आसान है
हमारी भाषा हमारा अभिमान है।
हिंद की आन बान और शान है
राष्ट्रीय एकता की पहचान है
हमारी भाषा हमारा अभिमान है।
अनंत शब्दों का लिए येभंडार है
बहुत बृहद इसका संसार है
हमारी भाषा हमारा अभिमान है।
उन्मुक्त स्वरों की उड़ान है
हमारी आत्मा-हमारा प्राण है
हमारी भाषा हमारा अभिमान है।

सुनील कुमार

हमारी भाषा हिंदी

भारत की शान है हिंदी
देशवासियों की जान है हिंदी
हिंद की आन बान है हिंदी
हमारी आत्मा और प्राण है हिंदी
उन्मुक्त स्वरों की उड़ान है हिंदी
पतझड़ में लाती बहार है हिंदी
कितनी सरस और आसान है हिंदी
हर भाषा से महान हिंदी
कल्पनाओं को मूर्त रूप देने का आधार है हिंदी
इस देश का गौरव और अभिमान है हिंदी
भारत माता के माथे की शान है हिंदी
हमारी राजभाषा हमारी पहचान हिंदी।

आँसू

आँसू खुशी के हों या गम के
आंखों से छलक जाते हैं
कुछ कहे बिना ही
बहुत कुछ कह जाते हैं।
आँसुओं की भी होती है अपनी भाषा
इनके हर बूंद की होती है एक परिभाषा
इनके हर बूंद में छिपी होती है
किसी की बेबसी किसी की निराशा
पर हर कोई नहीं समझ सकता
इन आँसूओं की भाषा।
जज्बात जो हम दिल में छुपाते हैं
ये आसूँ अक्सर बयां कर जाते हैं
ये आँसू जो खुशी में मुस्कुराते हैं
गम में दामन भिगो जाते हैं।

सुनील कुमार

विजयदशमी

हर साल की तरह इस साल भी
रावण का पुतला जलाएंगे
बुराई पर अच्छाई की जीत का पर्व मनाएंगे ।
पर क्या इस तरह हम
अपने भीतर के रावण को मार पाएंगे
बुराइयों और समस्याओं को दफन कर पाएंगे।
क्या मात्र रावण का पुतला जलाने से
हमारी असुरी प्रवृत्तियां खत्म हो जाएँगी
घटनाएं अपहरण-हत्या-बलात्कार की रुक जाएँगी।
त्रेता युग के एक दशानन को तो
मर्यादा पुरुषोत्तम राम ने खत्म कर दिया था
पर कलयुग में तो हमारे सामने
समस्या रूपी दशाननों की फौज है ।
क्या मात्र पुतला जलाकर हम
इन दशाननों को खत्म कर पाएंगे या
इनसे मुक्ति का कोई और रास्ता निकाल पाएंगे
विजयदशमी पर्व की
खुशियां मनाने से पहले
हमें सोचना होगा
रावण दहन का तरीका
कोई नया खोजना होगा ।
तभी देश के विकास और समृद्धि में बाधक
समस्याओं और बुराइयों रूपी आधुनिक
दशाननों को हम खत्म कर पाएंगे।
वरना वही पुराने तरीके से
इस साल भी रावण का पुतला जलाएंगे
और विजयदशमी की झूठी खुशियां मनाएंगे
पर आधुनिक दशाननों की फौज से
मुक्ति कभी न पाएंगे।

दीप पर्व मनाना तुम

दीप पर्व अबकी जब मनाना तुम
एक दीप स्नेह का भी जलाना तुम।
घर आंगन दीपों से सजाना तुम
पर एक दीप अपनत्व का भी जलाना तुम।
भोग लक्ष्मी गणेश को बेशक लगाना तुम
पर भूख किसी भूखे की भी मिटाना तुम।
खुशियां सिया राम घर वापसी की मनाना तुम
पर वनवास किसी और का न कराना तुम।
वचन सिया राम सा निभाना तुम
प्रीत भरत लक्ष्मन सी लगाना तुम
दीप पर्व अबकी जब मनाना तुम।
कलंक किसी सिया पर न लगाना तुम
दिल किसी का न दुखाना तुम
दीप पर्व अबकी जब मनाना तुम।
धन दौलत के खातिर
अपनों को न ठुकराना तुम
मार्ग सत्य का अपनाना तुम
दीप पर्व अबकी जब मनाना तुम।
दीप खुशियों के बेशक जलाना तुम
पर दर्द भी किसी का मिटाना तुम।
राग द्वेष सभी मिटाना तुम
दीप पर्व अबकी जब मनाना तुम।

सुनील कुमार

रंग पर्व मनाना तुम

रंग पर्व अबकी जब मनाना तुम
एक रंग स्नेह का भी लगाना तुम
राग-द्वेष सभी मिटाना तुम
रंग पर्व अबकी जब मनाना तुम।
शिकवे-गिले सभी भुलाना तुम
दिल से दिल मिलाना तुम
रंग पर्व अबकी जब मनाना तुम।
मदिरापान न करना न कराना तुम
क्षति किसी को न पहुंचाना तुम
रंग पर्व अबकी जब मनाना तुम।
गोबर-कचरा न किसी को लगाना तुम
रंग प्रेम का बरसाना तुम
रंग पर्व अबकी जब मनाना तुम।
आशीष बड़ों का पाना तुम
स्नेह छोटों पर लुटाना तुम
रंग पर्व अबकी जब मनाना तुम।

झरना

झरने के निर्मल जल जैसा
तन-मन भी निर्मल हो जाए
मिट जाएँ सब राग-द्वेष
प्रेममय वसुधा हो जाएँ
कल-कल करता जल झरने का
जैसे निर्बाध बहता जाए
वैसे ही जीवन अपना
उन्नति करता जाएँ
झरने का शीतल जल
जैसे शीतलता पहुंचाए
सदकर्मों से अपने हम
इस वसुधा को महकाएं।
कल-कल बहता जल झरने का
जैसे प्रकृति की सुंदरता बढ़ाए
सदकर्मों से अपने हम
अपनी वसुधा का मान बढ़ाएं।
झरने का निर्मल शीतल जल
जैसे प्यासी धरती की प्यास बुझाए
करुणामय हो हृदय अपना
जन-जन को सुख पहुंचाए।

सुनील कुमार

मीत मेरे बचपन के

मीत मेरे बचपन के
जाने कहां खो गए
छोड़ गांव की गलियां
शहर की भीड़ का
हिस्सा हो गए।
भूल गये बचपन के
सब खेल सुहाने
शामिल जिंदगी की
दौड़ में हो गए
मीत मेरे बचपन के
जाने कहां खो गए।
गांव की वो गलियां
कल-कल करती नदियां
बात सपनों की हो गए
मीत मेरे बचपन के
जाने कहां खो गए।
मिलजुलकर मनाना
सब तीज त्यौहार
बांटना आपस में
खुशियां और प्यार
सीमित सब हो गए
मीत मेरे बचपन के
जाने कहां खो गए।
छोड़ गांव की मदमस्त बयार
आदी कूलर एसी के हो गए
भूल गांव के गन्नों की मिठास
प्रेमी पेप्सी कोला के हो गए
मीत मेरे बचपन के
जाने कहां खो गए।

क्या से क्या हो गए

भौतिकता की अंधी दौड़ में
क्या से क्या हम हो गए
कल तक थे जो अपने
आज पराए वो हो गए
भूल गए हम पालनहारों को
सीमित बीवी-बच्चों तक हो गए
भौतिकता की अंधी दौड़ में
क्या से क्या हम हो गए।
संग बचपन में जिनके खेले
सुख-दुःख सब हंसकर झेले
आज दूर उनसे हम हो गए
भौतिकता की अंधी दौड़ में
क्या से क्या हम हो गए।
रिश्ते-नाते सब प्यार के
स्वार्थ की भेंट चढ़ गए
धन-दौलत के खातिर
आपस में सब लड़ गए
भौतिकता की अंधी दौड़ में
क्या से क्या हम हो गए।
टूटी जब संस्कारों की माला
मानस मोती बिखर गए
घर-घर में रावण बस गए
राम वन को निकल गए
भौतिकता की अंधी दौड़ में
क्या से क्या हम हो गए।

सुनील कुमार

मां-बाप वृद्धा आश्रम में भेजे
बच्चे केयर टेकर को सौंपे
खुद भोग-विलास में खो गए
भौतिकता की अंधी दौड़ में
क्या से क्या हम हो गए।
कहने को तो हम आधुनिक हो गए
पर रिश्ते-नाते प्यार के सब खो गए।

भगवान तेरे संसार में

भगवान तेरे संसार में
देख क्या-क्या होता है
कोई रहता महलों में
कोई सड़कों पर सोता है।
कोई लगाता छप्पन भोग
कोई सूखी रोटी को तरसता है
भगवान तेरे संसार में
देख क्या-क्या होता है।
सुनता आया लोगों से
भाग्य तू ही सबका लिखता है
एक शंका रहती सदा मेरे मन में
पैमाना कौन सा तू रखता है
भाग्य जब सबका लिखता है।
हो सके तो शंका मेरी तू मिटा दे
भेद गरीब अमीर का
इस जहां से मिटा दे
कभी भूल से ही सही
पर एक खता तू भी कर दे
दो जून की रोटी
सबके भाग्य में लिख दे।

सुनील कुमार

वतन पर जीना मरना सीखो

वतन पर जीना मरना सीखो
जो कहना वह करना सीखो
परहित जीना मरना सीखो
वचन से कभी न टरना सीखो
फूलों सा तुम रहना सीखो
कांटो सा न जीना सीखो
अर्पण सब कुछ करना सीखो
सेवाव्रत आचरना सीखो
कायर समान न रहना सीखो
सिंह समान विचरना सीखो
सूरज समान चमकना सीखो
अंधकार धरा का हरना सीखो
सुसंगत में रहना सीखो
कुसंगत से बचना सीखो
प्रगति पथ पर बढ़ना सीखो
अवनति से बचना सीखो।

बचपन के दिन

बचपन के दिन थे कितने सुंदर
रातें भी कितनी सुहानी थी
दादा-दादी के संग जब
परियों की कहानी थी।
न तो था अपना घर बड़ा
न कोई घोड़ा-गाड़ी थी
दादा-दादी के कंधों पर
होती अपनी सवारी थी।
पूरी होती थी मेरी हर चाहत
हसरत कोई न रहती बाकी थी
लाख खता करता था मैं
पर दादी सीने से मुझे लगाती थी।
घर-आंगन में भर जाती थी
कितनी खुशियां
दादी जब स्नेह के मोती लुटाती थी।
त्योहारों पर मिलजुल कर हम
कितना मौज मनाते थे
दादा-दादी हमको
खिलौने नए दिलाते थे।
पर अब वो दिन वो रात कहाँ
बचपन वाली वो बात कहाँ
जब परियों के सपनों में
मैं खोया रहता था
दादी के सीने से लग
बिन तकिए सोया रहता था।

सुनील कुमार

गुरुकुल में शिक्षा

जीवन पथ आलोकित कर देते थे
गुरुकुल में जब गुरु ज्ञान देते थे।
दूर उर का सब तम कर देते थे
गुरुकुल में जब गुरु ज्ञान देते थे।
खत्म शिष्यों के सब भम्र कर देते थे
गुरुकुल में जब गुरु ज्ञान देते थे।
विघ्न बाधाएं शिष्यों की हर लेते थे
गुरुकुल में जब गुरु ज्ञान देते थे।
पुत्रवत स्नेह शिष्यों को देते थे
गुरुकुल में जब गुरु ज्ञान देते थे।
भवसागर से शिष्यों को पार कर देते थे
गुरुकुल में जब गुरु ज्ञान देते थे।
मात-पिता वत सम्मान गुरु को देते थे
गुरुकुल में जब शिष्य ज्ञान लेते थे।
गुरुकुल के नित्य कर्मों में योगदान देते थे।
गुरुकुल में जब शिष्य ज्ञान लेते थे।

खुद के पास

न जाने किसकी नजर लगी
मेरे आशियाने को
दर्द के सिवा कुछ भी न बचा
पास मेरे अब लुट जाने को।
अब हमेशा खुला रखता हूँ मैं
अपने गरीबखाने को
शायद भूल से कोई लूट ले जाए
मेरे दर्द के खजाने को।
एक वक्त था जब मैं भी
देखा करता था सपने हजार
दिल में मेरे भी थे कई अरमान
पर वक्त की आंधी ने
सलामत कुछ भी तो न छोड़ा
एक-एक कर मेरे सपनों को तोड़ा।
अब न रहती मुझे किसी की आस है
न ही बाकी कोई प्यास है।
अब खुश रहता हूँ मैं अपने आशियाने में
व्यस्त रहता हूँ जिंदगी के दर्द भुलाने में
अब अक्सर रहता हूँ मैं खुद के पास बहुत पास
पर दूर बहुत दूर इस फरेबी दुनिया से।।

सुनील कुमार

पूस की रात

कोहरे की चादर से ढक गई तराई है
सूरज की किरणें भी धरती पर न आई हैं।
पहाड़ों पर हो रही भीषण बर्फबारी है
सर्द हवाओं का सितम भी जारी है।
ठंड के चलते लोग घरों में हैं दुबके
चौक चौराहों पर अलाव भी कम हैं जलते।
सुकून से कटता न तो दिन न ही रात है
कितनी बेदर्द पूस की ठंड भरी रात है।
तन ढकने को न तो कंबल न ही रजाई पास है
इस भीषण ठंड में अब तो ईश्वर की ही आस है।

खामोश बचपन

कहीं खामोश बचपन
कहीं आज जश्न है
यह कैसा लोकतंत्र है ?
कहने को तो स्वतंत्र
आज हम सब हैं
फिर क्यों भूख से
बिलखता बचपन है
यह कैसा लोकतंत्र है ?
खाने-खेलने की उम्र में
मासूम मांज रहा
होटलों पर बर्तन है
यह कैसा लोकतंत्र है ?
जिम्मेदारियों के बोझ तले
सिसकता मासूम बचपन है
यह कैसा लोकतंत्र है ?
देख दशा नौनिहालों की
आंख मेरी नम है
यह कैसा लोकतंत्र है ?

सुनील कुमार

नारी तू नारायणी

जीवन भर कष्ट उठाती है
मां-बहन-बेटी-बहू
सबका फर्ज निभाती है।
सुख हो चाहे दुःख
साथ सदा निभाती है
नारी तू नारायणी
अपना फर्ज निभाती है।
बेटी रूप घर बाबुल
का तू चहकाती है
पत्नी रूप धर घर पति
का महकाती है
नारी तू नारायणी
जीवन भर कष्ट उठाती है।
बांध भाई की कलाई पर
स्नेह का धागा
रक्षा कवच बन जाती है
पड़े मुसीबत तो तू
दुर्गा-काली भी बन जाती है
नारी तू नारायणी
जीवन भर कष्ट उठाती है।
ईश्वर का तू वरदान अनोखा
सृष्टि का आधार कहलाती है
नारी तू नारायणी
जीवन भर साथ निभाती है।

दर्पण

दर्पण में मुखड़ा देख कर
हर कोई इतराता है
पर मन में किसी के क्या है
ये दर्पण कहां दिखाता है।
सच्ची सुंदरता तो होती है मन की
पर इंसान तन की सुंदरता
पर इतराता है।
माना दर्पण कभी झूठ नहीं बोलता
पर दिल की बात कहां बताता है
दर्पण में मुखड़ा देखकर
हर कोई इतराता है।

संगत

बुद्धिमान की संगत करना
मूरख संग कभी न रहना
शिक्षित और गुणवान बनना
अपनी बड़ाई आप न करना
माता पिता की सेवा करना
कष्ट सदा तुम उनके हरना
काम गलत कोई न करना
प्रगति पथ पर सदा ही बढ़ना
बैर किसी से कभी न करना
मिलजुल कर सबसे रहना
दीन हीन का बल तुम बनना
पीड़ा सदा उनकी हरना
हर काम में निपुण तुम बनना
उन्नति पथ पर सदा ही बढ़ना
क्षमाशील आज्ञाकारी बनना
लोकमंगल हितकारी बनना
जय मंगल हो जिससे सबका
काम सदा तुम ऐसे करना।

मन की बात

कितनी बातें मन पर लिख दीं
फिर भी समझ न पाएं हम मन को
पल में यहां पल में वहां
भटकाता ये हमको
क्यों समझ न पाएं हम मन को।
कभी यहां कभी वहां
ले जाता ये हमको
क्यों रोक न पाएं हम मन को।
लाख बिठाते पहरे इस पर
फिर भी रोक न पाते इसको
ये भम्रता है हमको
हो सके तो कोई बता दें
कैसे वश में कर पाएं हम मन को।

सुनील कुमार

धरती कहे पुकार के

धरती कहे पुकार के
सारे इस जहान से
बहुत बुरा हो गया मेरा हाल
मत बढ़ाओ अब मेरा भार।
पहले से ही है मुझ पर इतना भार
हो गई हूँ मैं बहुत बेहाल
आबादी ऐसे ही जो तुम बढ़ाओगे
सुखी कभी नहीं रह पाओगे
हे मानव अब तो चेतो
बढ़ती आबादी का
कोई हल तो सोचो।
कहीं ऐसा न हो जाए
तुम्हारे कर्मों की सजा
मुझे मिल जाए
और असमय ही
मेरे प्राण निकल जाएँ।

सजना हमसे रूठ गए

सजना हमसे रूठ गए
अब कैसे जी पाएंगे
जैसे तड़फे जल बिन मछली
वैसे तड़प मर जाएँगे।
खोल दे तू दिल का दरवाजा
दिल में तेरे बस जाएँगे
सीने से तेरे लग कर
अपना दर्द सुनाएंगे
एक बार तू अपना कह दे
हम तो तेरे हो जायेंगे
मैं तेरी राधा तू मेरा मोहन
तुझ संग रास रचाएंगे
प्यासे इन अधरों की प्यास
मिलकर आज मिटायेंगे
तेरी खुशियों के खातिर
हर सितम तेरे सह जाएँगे
एक बार जो तू कह दे
हंसते-हंसते मिट जाएँगे
प्यार हमारा याद करोगे
पर हम न लौट केआएंगे।

सुनील कुमार

जिस पथ पग रखते थे

बापू जिस पथ पग रखते थे
कोटि जन उस पथ चल पड़ते थे
सत्य अहिंसा का पालन बापू हमेशा करते थे
आवाज अन्याय के खिलाफ बुलंद वो करते थे
दुःख दर्द आम आदमी का बापू खूब समझते थे
इसीलिए जनमानस में बापू रचते बसते थे
विदेशी सत्ता के विरुद्ध उठ खड़ा होना
कोई काम नहीं आसान था
पर बापू के वचनों पर जन-जन को विश्वास था
त्याग और बलिदान बापू के रग-रग में बसते थे
प्रलोभन और स्वार्थ से दूर सदा वो रहते थे
साफ सफाई में बापू
बढ़ चढ़कर हिस्सा लेते थे
अवसर मिले जहां भी उनको
श्रमदान वो करते थे।
भाषा हमारी प्रतिबिंब है हमारा
बापू अक्सर कहते थे
अपनी एक आवाज से
जन कोटि जागृत करते थे
बापू एक विचार नहीं
एक जीवन दर्शन हैं
सत्य अहिंसा का अनुपम दर्पण हैं
एक बात हम जान लें
गांठ यह बांध लें
दो अक्टूबर पर्व नहीं है बापू के पूजन का
यह पर्व है बापू के विचारों को अपनाने का
बापू के सपनों को सच बनाने का।

सरहद पर जा रहे हैं हम

सरहद पर जा रहे हैं हम
बांधे सर पर कफन
कल रहें न रहें हम
सलामत रहे हमारा वतन।
ऊंचे गगन सदा लहराए तिरंगा
शान कभी न हो इसकी कम
हे मातृभूमि तुझको मेरा शत-शत नमन
सरहद पर जा रहे हैं हम।
नम आंखों से न करो रुखसत तुम
कहीं टूट कर बिखर न जाएँ हम
साहस शौर्य मुझमें भर दो इतना तुम
हंसते हंसते मिट जाएँ वतन पर हम
सरहद पर जा रहे हैं हम।

सुनील कुमार

दीपक हूँ मैं

दीपक हूँ मैं जलता रहूँगा
तिमिर धरा का हरता रहूँगा
भटके हैं राही जो जीवन पथ से
पथ उनके आलोकित करता रहूँगा
दीपक हूँ मैं जलता रहूँगा।
सुख हो चाहे दुःख साथ चलता रहूँगा
खुद जल पथ रौशन करता रहूँगा
दीपक हूँ मैं जलता रहूँगा।
निराशा में आशा की किरण बनता रहूँगा
अंधेरों से सदा लड़ता रहूँगा
दीपक हूँ मैं जलता रहूँगा।
बल दीन-हीन का बनता रहूँगा
कष्ट उनके सदा हरता रहूँगा
दीपक हूँ मैं जलता रहूँगा।

सपनों का भारत

गांधी के सपनों का भारत
मिलकर हम बनाएंगे
सत्य अहिंसा का पथ
हम अपनाएंगे।
कूड़ा कचरा और गंदगी
खुले में न बहाएंगे
गांधी के सपनों का भारत
मिलकर हम बनाएंगे।
खाते हैं हम सब
मिल आज कसम
शौच खुले में न जाएँगे
कूड़ा कचरा और गंदगी
इधर-उधर न फैलाएंगे।
स्वच्छ भारत स्वस्थ भारत
का संदेश जन-जन तक पहुंचायेंगे
गांधी के सपनों का भारत
मिलकर हम बनाएंगे।

सुनील कुमार

कलम

मन में बिखरे भावों को
शब्दों का रूप देती है
कलम जब बोलती है।
जो कह न पाते हम लबों से
बात वो भी कह देती है
कलम जब बोलती है।
जो कुछ होता अंतर्मन में
प्रकट उसे कर देती है
कलम जब बोलती है।
मनोभावों को हमारे
दें शब्दों का सुंदर रूप
साहित्य सृजन करती है
कलम जब बोलती है।
भूत-भविष्य-वर्तमान के
राज सभी खोलती है
कलम जब बोलती है।
कभी-कभी तो प्रहार
तलवार से भी तेज करती है
और कभी-कभी प्रहार
तलवार का रोक देती है
कलम जब बोलती है।

कोरा कागज

जब होता है जन्म हमारा
कोरा कागज होता है मन हमारा
मां-बाप ही होते है सहारा
क्योंकि तब होते हैं हम बेसहारा।
बेशक कोरा कागज होता है मन हमारा
पर लेखनी पर होता नहीं नियंत्रण हमारा
लेखनी तो हमारी होती है मां-बाप के हाथ
अपनी लेखनी से ही लिखते हैं वो हमारा भाग्य
वो चाहे तो लिख दें अल्लाह चाहें लिखें दें राम
वो चाहें तो लिख दें गीता या कुरान
नहीं होता हमको कुछ भी इंकार
हम तो बस वही पढ़ते हैं मां-बाप हमारे
कोरे कागज पर जो लिखते हैं
वो चाहे तो लिख दें सत्य-अहिंसा का पाठ
वो चाहे तो लिख दें राग-द्वेष अहंकार का ज्ञान
क्योंकि लेखनी हमारी होती है उनके हाथ
बस कोरा कागज होता है हमारे पास।

सुनील कुमार

गुलशन सजाना होगा

उजड़े इस गुलशन को सजाना होगा
दीवार नफरत की गिराना होगा
प्रेमभाव दिल में जगाना होगा
तार दिल से दिल के मिलाना होगा
दीप सुख शांति का जलाना होगा
भय मुक्त जहां बनाना होगा
फूल प्रेम का खिलाना होगा
सुगंध अपनत्व की फैलाना होगा
राह सही सबको अपनाना होगा
उन्नति पथ पर कदम बढ़ाना होगा
उजड़े इस गुलशन को सजाना होगा।

तुझ संग बीते वो पल

तुझ संग बीते वो पल
याद बहुत आते हैं
लाख भुलाना चाहें फिर भी
भूल नहीं पाते हैं
तुझ संग बीते वो पल
याद बहुत आते हैं।
जब-जब आती याद तुम्हारी
आंखों से अश्क बहाते हैं
तुझ संग बीते वो पल
याद बहुत आते हैं।
कैसे कहूं तुझ बिन कैसे
दिन-रात बिताते हैं
तुझ संग बीते वो पल
याद बहुत आते हैं।
अब तू मेरे साथ नही
पर एहसास तेरा
साथ मेरा निभाते हैं
तुझ संग बीते वो पल
याद बहुत आते हैं।
तुझ संग बीते वो पल

सुनील कुमार

मेरे देश के वीर जवानों

मेरे देश के वीर जवानों
करके उन्नति देश की
तकदीर तुम बदल डालो।
आलस्य को त्याग कर
परिश्रम को अपना डालो
करके अच्छे कर्म तुम
भारत को स्वर्ग बना डालो।
छोड़ कर राह असत्य की
सत्य पथ अपना डालो
करके अच्छे कर्म तुम
भारत को स्वर्ग बना डालो।
छुआछूत और जात पात का
जग से नाम मिटा डालो
करके उन्नति देश की
भारत की शान बढ़ा डालो।

अनुपम कृति

नारी है विधाता की अनुपम कृति
नारी से चलती है यह सृष्टि
रूप अनेक नारी है रखती
कन्या युवती गृहणी है बनती
दुःख सदा अपनों के हरती
चंडी बन संहार दुष्टों का करती
महिमा नारी की है अपरंपार
नारी है ममता का भंडार
नारी से होते हैं नर
ध्रुव प्रह्लाद समान
नारी का करते हम सम्मान।

सुनील कुमार

दिल मेरा दुखाने वाला

दिल मेरा दुखाने वाला ये क्यों भूल जाता है
एक दिल उसके सीने में भी तो समाता है
शिकारी जो जाल बिछाता है
एक दिन खुद भी जाल में फंस जाता है।
गुरुर मत कर अपने हसीन आज पर तू ए बंदे
खूबसूरत आज भी तो कल में बदल जाता है।
दिल मेरा दुखाने वाला ये क्यों भूल जाता है
एक दिल उसके सीने में भी तो समाता है।
रोज सुबह उगता है जो सूरज बड़ी शान से
शाम को वो भी ढल जाता है
दिल मेरा दुखाने वाला ये क्यों भूल जाता है
एक दिल उसके सीने में भी तो समाता है।
इस दुनिया का ये दस्तूर है मेरे दोस्त
धोखा देने वाला एक दिन खुद भी धोखा खाता है।
दिल मेरा दुखाने वाला ये क्यों भूल जाता है।

निभाना पड़ता है

रिश्तों को निभाने के खातिर
बहुत कुछ निभाना पड़ता है
लाख जख्म हो सीने में
फिर भी मुस्कुराना पड़ता है।
सब कुछ जानकर भी
अंजाना बन जाना पड़ता है
रिश्तों को निभाने के खातिर
बहुत कुछ निभाना पड़ता है।
अपनों की खुशियों के खातिर
कभी गूंगा तो कभी बहरा
भी बन जाना पड़ता है
रिश्तों को निभाने के खातिर
बहुत कुछ निभाना पड़ता है।
कहीं भीग न जाए कोई अपना
मेरे आँसुओं की बारिश में
आँसुओं को आंखों में ही
सुखाना पड़ता है
रिश्तों को निभाने के खातिर
बहुत कुछ निभाना पड़ता है।
कहीं बिखर न जाए
हार कर मुझसे कोई अपना
इसलिए कभी जीत कर भी
हार जाना पड़ता है
रिश्तों को निभाने के खातिर
बहुत कुछ निभाना पड़ता है।

सुनील कुमार

यादों की बारिश

कब छूट गया वो बारिश में नहाना
बहते पानी में कागज की कश्ती चलाना
आज जब देखता हूँ बारिश की बूंदों को
याद आता है मुझे वो गुजरा हुआ जमाना
वो नंगे पांव पानी में दौड़ लगाना
बूंदों संग जी भर खुशियां मनाना
कभी-कभी सोचता हूँ
क्या बदल गई वो बारिश
या बदल गया वो मौसम पुराना
आखिर कहां गया वो खुशियों भरा जमाना
जब कभी यादों के आईने में देखता हूँ
तो दिखता है धुंधला-सा एक चेहरा पुराना
दिखता है किसी का मुझसे नजरें चुराना
और बिना कहे बहुत कुछ कह जाना
अक्सर लोग कहते हैं अब हम बड़े हो गए
कागज की कश्ती और बारिश की बूंदों से परे हो गए
पर क्या सच में हम इतने बड़े हो गए
कि अपनी ही खुशियों से परे हो गए?
कभी फुरसत मिले तो सोचना और मुझे बताना
क्या तुम्हें भी याद है वो कागज की कश्ती
और तुम्हारा बारिश में नहाना?

मोबाइल जेनरेशन

एक छोटे से खिलौने ने
देखो क्या गजब कर डाला
दूरियां सारे जहान की
पल भर में तय कर डाला।
लगता था जो कभी स्वप्न
सच उसको कर डाला
सात समंदर पार लोगों को भी
साक्षात दिखा डाला
एक छोटे से खिलौने ने
देखो क्या गजब कर डाला।
पर एक बात है सोचने वाली
दूरियां मीलों की इसने
बेशक है कम कर डाली
पर दूरियां दिलों की
इसने बढ़ा डाली।
छोटे से इस खिलौने ने
सबको अपना ऐसा आदी बनाया
बगल बैठा अपना भी
मीलों दूर है नजर आया
हाथों में आते ही हमारे
मन मस्तिष्क को तो कर देता है ये गतिशील
पर शेष शरीर को बना देता है गतिहीन
क्या कभी हमने सोचा है
छोटा सा खिलौना यह
जब हाथों में हमारे होता है

सुनील कुमार

दिल हमारा अपनों के
नजदीक कितना होता है ?
आज हमें यह सोचना होगा
सीमित उपयोग इन खिलौनों का करना होगा
तभी मानवीय संवेदनाएं जीवित बच पाएंगी
नही तो दूरियां दिलों की बढ़ती ही जाएँगी।।

क्यों ऐसा होता है

भगवान तेरे संसार में क्यों ऐसा होता है
कोई रहता महलों में कोई सड़कों पर सोता है।
कोई लगाता छप्पन भोग कोई सूखी रोटी को तरसता है
भगवान तेरे संसार में क्यों ऐसा होता है?
सुनता आया दरबार में तेरे अन्याय नहीं होता है
फिर भरी सभा में चीरहरण अबला का क्यों होता है
क्यों कोई किसी के जज्बातों से खेलता है।
क्यों किसी बेबस की आँखों से निस दिन नीर बरसता है
क्यों अन्नदाता इस देश का कर्ज की सूली चढ़ता है
भगवान तेरे संसार में क्यों ऐसा होता है ?
क्यों मासूम कोई भूख से बिलखता है
क्यों किसी बाला का सपना
निस दिन चूर-चूर होता है।
भगवान तेरे संसार में क्यों ऐसा होता है?
क्यों न्याय के लिए कोई दर-दर भटकता है
क्यों इंसाफ के लिए तारीख पे तारीख मिलता है
भगवान तेरे संसार में क्यों ऐसा होता है?

सुनील कुमार

प्रेरणा पति की

प्रेरणा पति की बनना तुम
सुख-दुःख मिलकर सहना तुम
मैल न कोई मन में रखना तुम
मिलजुल कर सब से रहना तुम
सदकर्मों में चित लगाना तुम
व्यर्थ न समय कभी गवांना तुम
मन वचन कर्म से रहना पवित्र तुम
कटु वचन किसी को न कहना तुम
सुख-दुःख की संगी बनना तुम
कठिन समय धीरज धरना तुम
नाहक निंदा चुगली से बचना तुम
कठपुतली किसी के हाथों की न बनना तुम
बहकावे में किसी के न आना तुम
पत्नी धर्म सदा निभाना तुम।

दर्द नहीं बांटता

दर्द जिंदगी का हर कोई नहीं बांटता
खाई गमों की हर कोई नहीं पाटता
जख्म को नासूर बनाना है हर कोई है जानता
मरहम दर्द पर लगाना हर कोई नहीं जानता
खुशियों में आपको हर कोई है पहचानता
वक्त मुसीबत में हर कोई नहीं जानता
आग नफरत की लगाना हर कोई है जानता
तार दिलों के मिलाना हर कोई नहीं जानता
अंगुलियां दूसरों पर उठाना हर कोई है जानता
ग़लतियां अपनी सुधारना हर कोई नहीं जानता
राह भटकाना तो हर कोई है जानता
सही राह दिखाना हर कोई नहीं जानता।

सुनील कुमार

खत का जमाना

वो भी क्या जमाना था
खतों का जब आना-जाना था
जज़्बातों को लिख खत में
भेजता सारा जमाना था
जब खतों का आना-जाना था।
कभी सुख कभी दुःख का
खत में होता अफसाना था
वो भी क्या जमाना था
खतों का जब आना-जाना था।
मिलते ही हाथों में खत
झूम उठता तन-मन सारा था
पढ़ संदेश प्रियजनों के
मन आनंदित हो जाता था
वो भी क्या जमाना था
खतों का जब आना-जाना था।

संस्कार

संस्कार बच्चों को सिखलाएं
दिल किसी का न कभी दुखाएं
गलती पर बच्चों को समझाएं
डांट फटकार न कभी लगाएं
भाव अपनत्व का दिल में जगाएं
मिल जुल कर रहना सिखलाएं
हृदय विशाल उनका बनाएं
विश्व बंधुत्व का पाठ पढ़ाएं
राह सही उनको दिखलाएं
पथ से न कभी भटकाएं
भेद कोई न दिल में उपजाएँ
सत्य अहिंसा उनको बतलाएं
विश्वविजय करना सिखलाएं।

सुनील कुमार

प्यार में दर्द मिलता है

दर्द देकर मुझको जो हँसता है
सुना है तन्हा अक्सर वो भी रोता है
जब भी मिलता है कहता है
भूल जाओ तुम मुझको
अरे वही जो मेरी तस्वीर को
सीने से लगाकर रखता है।
लोग कहते हैं तुम भी भुला दो उसको
आखिर कौन वो तेरा लगता है
पर कैसे भुला दूँ मैं उसको
जो मेरी रग-रग में बसता है।
मैं कभी न करती ये इश्क-मोहब्बत
अगर पहले ही जान जाती
इस प्यार में इतना दर्द मिलता है।

शिक्षक

शिक्षकों पर अक्सर अंगुलियां जो उठाते हैं
एक बात उनको हम बताते हैं।
टेढ़े-मेढ़े रास्तों को पार कर शिक्षक जाते हैं
जंगल नदियों के पार भी शिक्षक जाते हैं
विद्यालय में नित्य ज्ञान का दीप जलाते हैं
विषमताओं में भी समता के बीज बो आते हैं
सही गलत का भेद बच्चों को बतलाते हैं
असंभावनाओं में भी संभावनाओं के मार्ग दिखाते हैं
मंजिल तक हमको शिक्षक ही पहुंचाते हैं।
ब्रह्मा विष्णु और महेश से भी ऊंचा स्थान
शिक्षक ऐसे ही नहीं पाते हैं
एक साधारण बालक को ये चंद्रगुप्त बनाते हैं।
शिक्षक है युग निर्माता
सृष्टि-प्रलय दोनों का जन्मदाता
दशा और दिशा बदल देते ये समाज की
बातें करते हमेशा यह राष्ट्र विकास की।।

सुनील कुमार

फुरसत

जीवन की इस भागदौड़ से
जब कभी थोड़ी सी फुरसत पाता हूँ
बंद कर पलकें अपनी
बचपन की यादों में खो जाता हूँ।
एक पल को सब कुछ भूल कर
मैं भी बच्चा बन जाता हूँ
भूली बिसरी यादों संग
मंद-मंद मुस्काता हूँ
जीवन की इस भागदौड़ से
जब थोड़ी सी फुरसत पाता हूँ।

खुशियों की तलाश में

खुशियों की तलाश में
राह कांटों की चलना होगा
तप कर सोने की तरह
तुमको निखरना होगा ।
देखें हैं जो तुमने ख्वाब सुनहरे
सच उनको करना होगा
दिन हो चाहे रात आंधी हो या तूफान
तुमको निरंतर चलना होगा ।
निकलोगे जब तुम घर से बाहर
खुशियों की तलाश में
ये दुनिया तुमको बहुत कुछ सुनाएगी
इतना कि आंखें तुम्हारी नम हो जाएगी
पर अश्रुधारा तुमको नहीं बहाना होगा
मंजिल की ओर कदम बढ़ाना होगा
सफलता जिस दिन तुम्हारे हाथ आएगी
यह दुनिया तेरे कदमों में झुक जाएगी
खुशियों पर राज तुम्हारा होगा
सुंदर कल वो तुम्हारा होगा।।

सुनील कुमार

मंजिल हमको पाना है

जीवन पथ पर निरंतर बढ़ते जाना है
मुश्किलों से हमें हरगिज़ नहीं घबराना है
क्योंकि मंजिल हमको पाना है।
राह में मुश्किलें जो आएंगी
कर्तव्य पथ से हमें डिगाएंगी
मुश्किलों से हमें हरगिज नहीं घबराना है
क्योंकि मंजिल हमको पाना है।
कुछ भी असंभव नहीं इस जहां में
सब कुछ संभव कर दिखलाना है
मुश्किलों से हमें हरगिज नहीं घबराना है
क्योंकि मंजिल हमको पाना है।
सपने सच होते हैं जागती आंखों के
यह सारी दुनिया को बतलाना है
मुश्किलों से हमें हरगिज़ नहीं घबराना है
क्योंकि मंजिल हमको पाना है।

जब हम कुछ बन जाएँ

पढ़ लिख कर जब हम कुछ बन जाएँ
बड़ा पद और बड़ा नाम कमाएं
एक बात सदा दिल में बिठाएं
दिल किसी का न कभी दुखाएं।
माता पिता गुरु और मातृभूमि का
सदा सम्मान करें
उन्नति कैसे हो भारतवर्ष की
मिल बैठ आपस में विचार करें।
सुख-शांति फैले चारों ओर
सारा जग भारत का गुणगान करें
मिलजुल कर हम ऐसा काम करें।

सुनील कुमार

चलता चला गया

जिंदगी की राह पर
चलता चला गया
राह की मुश्किलों से
लड़ता चला गया
सोंचा था मेरे दुश्मनों ने
मंजिल कहां ये पाएगा
थक हार कर एक दिन
वापस आ जाएगा
पर मैंने भी कभी हार न मानी
मुश्किलों से हमेशा लड़ने की ठानी
देख हौसले मेरे कुहासा राह का
छंटता चला गया
मंजिल दिखी सामने
और मैं बढ़ता चला गया।

सोचता हूँ मैं

तिमिर धरा का मिटाऊं मैं
वीरान इस गुलशन को सजाऊं मैं
दिलों में लगी नफरत की आग बुझाऊं मैं
उदास चेहरों पर हंसी लाऊं मैं
दहेज दानव मार भगाऊं मैं
द्रोपदी की लाज बचाऊं मैं
भेदभाव धरा से मिटाऊं मैं
भय आतंक मुक्त जहां बनाऊं मैं
सुख शांति का दीप घर-घर जलाऊं मैं
बेसहारों का सहारा बन जाऊं मैं
राह की ठोकरों से सबको बचाऊं मैं
दिल किसी का न कभी दुखाऊं मैं
मानव धर्म अपना सदा निभाऊं मैं।

सुनील कुमार

मानव धर्म

जात-पात का नही जिसमें नामो निशान हो
दया धर्म की जिसमें भरमार हो
वही मानव धर्म सबको स्वीकार हो।
ऊंच-नीच का नहीं जिसमें कोई हिसाब हो
समता समानता जिसका आधार हो
वही मानव धर्म सबको स्वीकार हो।
प्रेम बंधुत्व की बहती जिसमें रसधार हो
हर किसी को हर किसी से प्यार हो
वही मानव धर्म सबको स्वीकार हो।
नफरत की बहती न जिसमें बयार हो
सत्य अहिंसा और प्रेम जिसका अलंकार हो
वही मानव धर्म सब को स्वीकार हो।

ज्ञान ध्यान का दीप जलाएँ

ज्ञान ध्यान का दीप जलाएँ
अंधकार धरा का मिटाएँ
कदाचार से दूर रहें हम
सदाचार को अपनाएँ
चले सदा सुपथ पर हम
कुपथ पर न कदम बढ़ाएँ
अज्ञानता है मूल दुर्गुणों की
इसको जड़ से मिटाएँ
रक्षक हम भारतीय संस्कृति के
बात कहीं ये भूल न जाएँ
सत्कर्मों से अपने हम
इस वसुधा को महकाएँ
ज्ञान ध्यान की नवचेतना से
सपने सब सच कर दिखलाएँ
फूले-फले सदा यह धरती
सोने की चिड़िया कहलाये।

सुनील कुमार

आओ पेड़ लगाएँ

आओ हम सब पेड़ लगाएँ
उपवन सा जीवन महकाएँ
वृक्षों की संख्या अगणित कर
प्रदूषण धरा का मिटाएँ।
एक नहीं हैं लाभ अनेक
सबको यह समझाएँ
फल फूल ईंधन और प्राणवायु
सब वृक्षों से ही तो हम पाएँ।
तीरथ हज से जब वापस आएँ
भोज के बदले वृक्ष लगाएँ
लेकर संकल्प वृक्ष सुरक्षा का
हम अपना कर्तव्य निभाएँ।

* * * * * *

जीवन भर हैं साथ निभाते
प्रदूषण से निजात दिलाते
विष धरा का ये खुद पी जाते
अमृतपान हमें कराते
फल फूल ईधन और दवाई
सब तो ये मुफ्त देते हैं भाई
सोचो वृक्ष हैं कितने हितकारी
इनसे बड़ा न कोई उपकारी।

नफरत की दीवार गिरा दें

दिल से दिल के तार मिला दें
नफरत की दीवार गिरा दें
भेदभाव करे न कोई
दिल में ऐसी प्रीत जगा दें
भूखों की भूख प्यास मिटा दें
निर्वस्त्रों को वस्त्र आज दिला दें
बेरोजगारों को रोजगार दिला दें
गिरतों को हम आज उठा दें
घर-घर ज्ञानदीप जला दें
अंधकार धरा का मिटा दें
धरती को हरा-भरा बना दें
प्रदूषण मुक्त धरा बना दें
दहेज दानव मार भगा दें
बहू को बेटी की जगह दें
दुखियों का दुःख दर्द मिटा दें
दिल में अपने उन्हें जगह दें
मीठे बोल सबको सिखा दें
कटु वचन जग से मिटा दें
सत्य अहिंसा सबको सिखा दें
भय आतंक मुक्त जहां बना दें।

सुनील कुमार

चलता चला गया

जिंदगी की राह पर चलता चला गया
शाम के सूरज की तरह ढलता चला गया
खुशियों की तलाश में निकला था घर से एक रोज
राह में गमों की बारात से मिलता चला गया
टूटते बिखरते रहे हर रोज मेरे सपने
पर मैं हर रोज नए ख्वाब बुनता चला गया
सोचा था किसी रोज तो मिलेंगीं खुशियां
पर राह-ए-इश्क में दर्द ही दर्द मिलता चला गया
दर्द से चूर चूर था ये दिल और मैं हंसता चला गया
देखा जो रंग इस रंग बदलती दुनिया का
मैं खुद को बदलता चला गया।

आओ चलें स्कूल

ज्ञान ध्यान का दीप जलाने
अंधकार धरा का मिटाने
आओ चलें स्कूल-आओ चलें स्कूल।
गुरुजन का आशीष पाने
नित्य नई सीख पाने
आओ चले स्कूल-आओ चलें स्कूल।
कर्तव्य अपना निभाने
अधिकार अपना पाने
आओ चलें स्कूल-आओ चले स्कूल।
मंजिल अपनी पाने
जीवन अपना सफल बनाने
आओ चलें स्कूल-आओ चलें स्कूल।
तकदीर अपनी सजाने
एक सुंदर कल बनाने
आओ चलें स्कूल-आओ चलें स्कूल।
माता-पिता का मान बढ़ाने
जग में कुछ नाम कमाने
आओ चलें स्कूल-आओ चलें स्कूल।

सुनील कुमार

जीना सिखाते हैं

ज्ञान की बात बताते हैं
सदाचार का पाठ पढ़ाते हैं
कमियों को हमारी दूर कर
गुणवान बनाते हैं
गुरु हमें जीना सिखाते हैं।
भेद सही-गलत का बताते हैं
जीवन राह दिखाते हैं
बैर करो न आपस में तुम
मिलजुल कर रहना सिखाते हैं
गुरु हमें जीना सिखाते हैं।
बढ़ो सदा तुम सुपथ पर
कुपथ से हमें बचाते हैं
ब्रह्मा-विष्णु और महेश
गुरु में ही समाते हैं
गुरु हमें जीना सिखाते हैं।

सादगी

सादगी पर तेरी हम मर मिटे थे
पहली बार तुझसे जब हम मिले थे।
कहना था तुझसे बहुत कुछ मगर
जमाने के डर से कुछ कह न सके थे
पहली बार तुझसे जब हम मिले थे।
मिलते ही तेरी नजरों से नजर
हम तेरे हो चुके थे
खामोश थे लब हम कुछ कह न सके थे
सादगी पर तेरी हम मर मिटे थे।

सुनील कुमार

जीवन का न कोई ठिकाना

जीवन का न कोई ठिकाना
जाने हमें कहां है जाना।
संग अपने सांसों का अनमोल खजाना
लुट जाए किस क्षण
ये कोई न जाना
छूट जाए साथ किस पल किसका
राज नहीं कोई ये जाना
जीवन का न कोई ठिकाना
जाने हमें कहां है जाना।
डगर जीवन की किधर मुड़ जाए
वक्त का परिंदा कब किसे कहां ले जाए
बात समझ ये किसी के न आए।
चलते चलते इस दुनिया से
पाक चुनरिया कहीं मैली न हो जाए
बात सदा ये दिल में बिठाएं
सोच समझकर कदम बढ़ाएं।

परवरिश

परवरिश बच्चों की होती आसान नहीं
कच्ची मिट्टी से गढ़ना मूर्ति सहज काम नहीं।
नन्हे से बीज को
विशाल वृक्ष बनाना सहज काम नहीं
परवरिश बच्चों की होती आसान नहीं।
गढ़ने को मिट्टी से मनोवांछित मूर्ति
मिट्टी को चाक पर चढ़ाना पड़ता है
धीरे-धीरे हाथों से उसको सहलाना पड़ता है।
बीज संस्कार के बोने को बच्चों में
कभी कठोर तो कभी कोमल बन जाना पड़ता है
भेद सही गलत का उनको बतलाना पड़ता है।
राह जीवन की दिखलाना सहज काम नहीं
परवरिश बच्चों की होती आसान नहीं।।

सुनील कुमार

घर अपना सजाएँ हैं

चाहत से अपनी घर अपना सजाएँ हैं
न जाने क्यों लोग दिल अपना जलाएँ हैं
मीत अपना जिनको हम बनाएँ हैं
खंजर पीठ पीछे वही छिपाएँ हैं।
बड़ा मुश्किल है यहाँ
अपना पराया पहचानना
एक चेहरे पर कई चेहरे लोग लगाएँ हैं।
सूरत जिनकी हम दिल में बसाएँ हैं
वही आज हमसे गैरों की तरह पेश आए हैं।

दिल से दिल की दूरी है

दिल से दिल की दूरी है
न जाने कैसी मजबूरी है।
राह चलते एक रोज हुई थी
उनसे मुलाकात
मुलाकात वो आज भी अधूरी है
दिल से दिल की दूरी है
न जाने कैसी मजबूरी है।
सोचा था सीने से लगाएंगे
एक रोज वो हमको
चाहत मेरी वो आज भी अधूरी है
दिल से दिल की दूरी है
न जाने कैसी मजबूरी है।
बहुत सोचा तो बात समझ ये आयी
शायद उनकी भी कोई मजबूरी है
तभी तो चाहत मेरी आज भी अधूरी है
दिल से दिल की दूरी है।
दिल की हर ख्वाहिश होती नहीं पूरी है
तभी तो चाहते बहुत सी
आज भी अधूरी हैं।
दिल से दिल की दूरी है
न जाने कैसी मजबूरी है।।

सुनील कुमार

मैली मत कर काया अपनी

मैली मत कर काया अपनी
दूर सफर पर जाना है।
धन दौलत और महल अटरिया
सब यहीं रह जाना है।
सत्कर्म ही है पूंजी तेरी
सत्कर्म ही तेरा खजाना है
भाई बंधु और कुटुंब कबीला
कोई नहीं संग जाना है
मैली मत कर काया अपनी
दूर सफर पर जाना है।
दिन-रात भागे तू माया के पीछे
माया का न कोई ठौर ठिकाना है
पद प्रतिष्ठा और माल खजाना
सब यहीं रह जाना है।
काम कोई ऐसा न कर बंदे
अंत समय पड़े पछताना है
मैली मत कर काया अपनी
दूर सफर पर जाना है।।

बढ़ते रहो जीवन पथ पर

बढ़ते रहो निरंतर जीवन पथ पर
अडिग रहे संकल्प तुम्हारा
जाड़ा गर्मी बरसात न देखो
दिखे तुम्हें सिर्फ लक्ष्य तुम्हारा।
कीर्ति तुम्हारी अजर अमर हो
ऐसा हो हर कर्म तुम्हारा
चमको ऐसे तुम नील गगन में
चमके जैसे ध्रुव तारा
करुणा मय हो हृदय तुम्हारा
बनो निर्बलों का तुम सहारा।
युग परिवर्तन के सूत्रधार बनो तुम
चहुदिश हो गुणगान तुम्हारा

सुनील कुमार

पिता

देवतुल्य पिता हमारे
जीवन का आधार हमारे
खुशियों के खातिर हमारी
सब कुछ अपना हैं वारे
देवतुल्य पिता हमारे।
भवसागर से हमको तारे
धरती पर ईश्वर का रूप धारे
सपनों के खातिर हमारे
सुख-चैन अपना हैं वारे
देवतुल्य पिता हमारे।
कष्ट कभी न तुम इनको देना
कटु वचन न इनको कहना
ये ही तो है पालनहार हमारे
देवतुल्य पिता हमारे।

शाम ढले आ जाता हूँ

रोजी रोटी की तलाश में
रोज सुबह निकल जाता हूँ
दिन भर भाग दौड़ कर
शाम ढले वापस घर आ जाता हूँ
आजकल ऐसे ही दिन बिताता हूँ।
चाहत रहती है जिसको पाने की
उसको कहीं नहीं मैं पाता हूँ
थक हार कर शाम ढले
वापस घर आ जाता हूँ।
आज नहीं तो कल
मिल ही जाएँगी खुशियां
इसी आश में रोज दौड़ लगाता हूँ
पर थक हार कर शाम ढले
वापस घर आ जाता हूँ
आजकल ऐसे ही दिन बताता हूँ।
चाहत मिलने की रहती है जिससे रोज
उससे मिल नहीं पाता हूँ
शाम ढले हर रोज
वापस घर आ जाता हूँ।

सुनील कुमार

एक नजर तुम्हारी

एक नजर तुम्हारी, एक नजर हमारी
दिल की बातें करती हैं सारी।
कैसी है ये उलझन कैसी है बेकरारी
जब से मिली है तुमसे नजर हमारी।
कशमकश में कटती अब तो रात सारी
जब से मिली है तुमसे नजर हमारी।
इश्क की दुश्मन ये दुनिया सारी
कहीं समझ न ले नयनों की भाषा हमारी
इसलिए तुमसे मैंने नजरें अपनी टारी
पर सच मानो तुम ही हो जान हमारी।

एक अजनबी लड़की

एक अजनबी-सी लड़की
अक्सर मुझे है मिलती
खामोश लब हैं रहते
आंखों से कुछ है कहती
शायद आंखें उसकी
सवाल यही हैं करती
कौन है तू मेरा
क्या तेरी मैं हूँ लगती
एक अजनबी सी लड़की
अक्सर मुझे है मिलती।
कशमकश में अब तो
रातें मेरी हैं कटती
बेचैन दिल की धड़कन
बस यही है कहती
श्याम है तू उसका
मीरा है वो तेरी।

सुनील कुमार

सारे सवालों के जवाब

सारे सवालों के जवाब
खुद न खोजिए जनाब
कुछ सवालों के जवाब
वक्त पर भी छोड़िए जनाब।
कभी तो उलझनों से
किनारा कीजिए
सुकून से दो पल
गुजारा तो कीजिए।
उलझनों को सुलझाने में
इतना न उलझ जाइए
सुकून के दो-चार पल
कभी तो बिताइए।
कुछ मेरी सुनिए
कुछ अपनी सुनाइए
जिंदगी के सारे गम
मिलकर भुलाइये।

चलो सो जाएँ

शब हो गई बहुत
चलो अब सो जाएँ
सपनों की रंगीन दुनिया
में खो जाएँ
मैं खोजूं तुम्हें
तुम खोजो हमें
एक दूजे में ऐसे खो जाएँ
कुछ तुम अपनी कहो
कुछ हम अपनी सुनाएँ
जिंदगी के सारे गम
मिल कर भुलाएँ
किसी को नहीं मिलता
यहां मुकम्मल जहाँ
तुम अपने दिल को
हम अपने दिल को समझाएँ
शब हो गई बहुत
चलो अब सो जाएँ।

सुनील कुमार

वक्त का परिंदा

वक्त का परिंदा कभी रुकता नहीं
इंतजार किसी का ये करता नहीं
वक्त के साथ जो बढ़ते जाओगे
आज नहीं तो कल मंजिल पाओगे
पर एक बात का रखना सदा ध्यान
मुश्किलों से कभी न मानना तुम हार
मुश्किलों से जो तुम लड़ते जाओगे
एक दिन निश्चित मंजिल पाओगे
सही वक्त के इंतजार में जो रह जाओगे
जीवन भर तुम पछताओगे
वक्त के साथ जो कदम बढ़ाओगे
जीवन की हर खुशियां तुम पाओगे।

भूल

सबक देती है हर एक भूल
फिर न करना तुम ऐसी चूक
निरंतर करोगे जो तुम भूल
सुअवसर से जाओगे चूक
अहम के न होना तुम वशीभूत
वरना करोगे बड़ी से बड़ी भूल
अपने ही हाथों जीवन पथ पर
बिछाओगे तुम अनेक शूल।
एहसास भूल का जो कर जाओगे
जीवन पथ पर बढ़ते जाओगे
आज नहीं तो कल निश्चित मंजिल पाओगे।

सुनील कुमार

दुनिया रैन बसेरा

दुनिया रैन बसेरा है
क्या तेरा क्या मेरा है
असीमित इच्छाओं ने
ऐसा जाल बिखेरा है
कहीं खुशी कहीं गम का डेरा है
दुनिया रैन बसेरा है
क्या तेरा क्या मेरा है।
भाई-बंधु और कुटुंब-कबीला
कोई नहीं यहां तेरा है
स्वार्थ के सब मीत यहां
वक्त पड़े मुंह फेरा है
दुनिया रैन बसेरा है
क्या तेरा क्या मेरा है।

नफरतें भी जलाना तुम

नफरतें भी जलाना तुम
होली अबकी जब जलाना तुम।
दूरियां दिलों की मिटाना तुम
होली अबकी जब मनाना तुम।
रंग प्रीत का लगाना तुम
मीत दुश्मन को भी बनाना तुम
होली अबकी जब मनाना तुम।
शिकवे-गिले सभी मिटाना तुम
दिल से दिल मिलाना तुम
होली अबकी जब मनाना तुम।
रंग में भंग न मिलाना तुम
दिल किसी का न दुखाना तुम
होली अबकी जब मनाना तुम।
अबीर-गुलाल उड़ाना तुम
रंग प्रेम का लगाना तुम
होली अबकी जब मनाना तुम।
स्नेह छोटों पर लुटाना तुम
आशीष बड़ों का पाना तुम
होली अबकी जब मनाना तुम।

सुनील कुमार

खुशी ढूँढ लेते हैं

चलो अपनों संग जी भर जी लेते हैं
लॉकडाउन में भी खुशी ढूँढ लेते हैं
जिंदगी के सारे गम मिलकर दूर कर लेते हैं
लॉकडाउन में भी खुशी ढूँढ लेते हैं।
भाग-दौड़ भरी इस जिंदगी में
सुकून के पल कहां मिलते हैं यारों
आज मिले हैं जो पल इन्हें जी भर जी लेते हैं
लॉकडाउन में भी खुशी ढूँढ लेते हैं।
फुरसत में अक्सर याद आते थे हमें
बचपन के वो सुहाने दिन
चलो आज एक बार फिर
बचपन को जी लेते हैं
लॉकडाउन में भी खुशी ढूँढ लेते हैं।
ख्वाहिशें जो कभी रह गई थी अधूरी
आज पूरी उन्हें कर लेते हैं
लॉकडाउन में भी खुशी ढूँढ लेते हैं।
शिकायत अक्सर रहती थी उनको हमसे
कहां देते हो मेरे हिस्से का समय तुम हमको
चलो शिकायत उनकी ये भी दूर कर देते हैं
लॉकडाउन में भी खुशी ढूँढ लेते हैं।
अरसा हुए आगोस में उनकी खोए हुए हमको
चलो आज फिर उन्हें बाहों में भर लेते हैं
लॉकडाउन में भी खुशी ढूँढ लेते हैं।

पलायन

विपदा कैसी ये आन पड़ी है
पलायन को जनता अड़ी है
माना संकट की यह घड़ी है
पर पलायन इसका हल नही है
हो जहां अभी वहीं तुम ठहरो
थोड़ा दुःख-संकट भी सह लो
परीक्षा की तुम्हारे ये घड़ी है
खुशियां तुम्हारे पीछे खड़ी हैं
सोचो थोड़ा तुम भी सोचो
अपने बढ़ते कदमों को रोको
गांव अभी न वापस लौटो
नहीं तो जीती जंग हार जाओगे
गलती पर अपनी पछताओगे
समय कम है जल्दी चेतो
इस विपदा का हल तो सोचो
चूक तुम्हारी पड़ न जाए भारी
गम में बदल न जाएं खुशियां सारी
ईश्वर का है तुमको वास्ता
पलायन का अपने बदलो रास्ता
खुशियां सबकी हैं तुम्हारे हाथ
पलायन की न करना अब बात।

सुनील कुमार

आशा का दीप जलाएं

अंतर्मन का तम हरने को
जीवन में नया रंग भरने को
आओ मिलकर कदम बढ़ाएं
आशा का एक दीप जलाएं।
भूले-भटके हैं जो पथ से
उनको हम राह दिखाएं
मिलजुल कर रहें हम सदा
नफरत न फैलाएं
आशा का एक दीप जलाएं।
विपदा की इस घड़ी में
एकजुटता अपनी दिखलाएं
मानवता को बचाने को
मानव धर्म अपना निभाएं
आशा का एक दीप जलाएं।
एक साथ है पूरा भारत
दुनिया को महसूस कराएं
संकट से निपटने को हम
मिलजुल कर कदम बढ़ाए
आशा का एक दीप जलाएं।
संकट की घड़ी में संयम से काम चलाएं
सूझबूझ से अपनी हम इस विपदा को हराएं
आशा का एक दीप जलाएं।
मानवता की सेवा में रत देवदूतों का
नतमस्तक हो आभार जताएं
आशा का एक दीप जलाएं।

भूख

कैसी ये लाचारी है
भूख से दुनिया हारी है
क्षुधा पेट की मिटाने को
बालश्रम अभी जारी है
कैसी ये लाचारी है
भूख से दुनिया हारी है।
सूनी है बस्ती सूनी हैं सड़कें
सहमी-सहमी दुनिया सारी है
कैसी ये लाचारी है
भूख से दुनिया हारी है।
दिखती नहीं पेट की ज्वाला
पर जलना इनका जारी है
सड़क किनारे एक और जिंदगी
आज भूख से अपने हारी है
न जाने कल किसकी बारी है
भूख से दुनिया हारी है।
रोजी-रोटी की तलाश में
भटक रही दुनिया सारी है
क्षुधा मिटाने को अपनी
क्या-क्या करती दुनिया सारी है
मासूम बचपने पर भी
भूख पड़ी अब भारी है
कैसी ये लाचारी है
भूख से दुनिया हारी है।

सुनील कुमार

सरस्वती वंदना

वंदन-नमन-अभिनंदन बारम्बार करते हैं
मां शारदे के चरणों में हम प्रणाम करते हैं।
माता-पिता की सेवा-सत्कार करते हैं
निज जीवन नहीं कोई गलत काम करते हैं
मां शारदे के चरणों में हम प्रणाम करते हैं।
ज्ञान-ध्यान का दीप जला पूजा-पाठ करते हैं
कुपथ से बचते हम सदा सुपथ पर चलते हैं
मां शारदे के चरणों में हम प्रणाम करते हैं।
दूर होते सब विघ्न सदा जब मां का नाम जपते हैं
पूरे होते सब काम सदा जब मां का ध्यान धरते हैं
मां शारदे के चरणों में हम प्रणाम करते हैं।

नए साल का नया सवेरा

नए साल का नया सवेरा खुशियों से भर जाए
दुःख की काली रात कभी लौट न वापस आए।

नए अनुभवों के नए रंग से जीवन यह रंग जाए
सुख समृद्धि और आनंद से घर आंगन भर जाए।

सूरज की नई किरणें नित्य आश नई जगाएं
फूलों की तरह हर सपना सच हो के मुस्काए।

कामयाबी के फूल खिलें आप कदम जहां बढ़ाएं
सफलता का सर्वोच्च शिखर आपको मिल जाए।

दो हजार बीस में भारत महाशक्ति बन जाए
नव वर्ष की शुभ बेला पर यही है मंगल कामनाएं।

सुनील कुमार

मेरा भारत महान

मेरा भारत बड़ा महान
देखो क्या अजब है इसकी शान
ऊंचे गगन लहराए तिरंगा
देता सबको यह पैगाम
मिलजुल कर सदा ही रहना
मत करना कभी अभिमान
मेरा भारत बड़ा महान
हम हिंद के वासी
करते इसका सम्मान
प्राण जाए तो जाए
न जाने देंगे इसकी शान
मेरा भारत बड़ा महान।

श्रमिक जीवन

श्रमिक जीवन की भी
क्या अजब कहानी है
तन पर न ढंग का कपड़ा
पेट भर न दाना-पानी है
श्रमिक जीवन की भी
क्या अजब कहानी है।
रोजी-रोटी के खातिर
निस दिन पलायन जारी है
दुःखों से इनका गहरा नाता
खुशियां हुई बेगानी हैं
श्रमिक जीवन की भी
क्या अजब कहानी है।
हर मौसम की ये मार झेलता
पर हार कभी न मानी है
श्रमिक जीवन की भी
क्या अजब कहानी है।

सुनील कुमार

दीप खुशियों के जलाएं हम

दीप खुशियों के जलाएं हम
अंधकार धरा का मिटाएं हम
दीन-दुखियों को गले लगाएं हम
दिल किसी का न कभी दुखाएं हम
फूल खुशियों के लुटाएं हम
सुगंध अपनत्व की फैलाएं हम
तार दिलों के मिलाएं हम
दीवार नफरत की गिराएं हम
भेद दिलों से मिटाएं हम
एक सुंदर जहां बनाएं हम
पथ से हैं जो भटके
उनको राह दिखाएं हम
दीप खुशियों के जलाएं हम।

नव वर्ष मंगलमय हो

नवल प्रभात की नवल रश्मियों से
आलोकित जीवन पथ हो
बहे हृदय में प्रेम की धारा
दूर उर का तम हो
नव वर्ष मंगलमय हो।
मिट जाएं सब राग-द्वेष
बस अपनत्व ही अपनत्व हो
नई उम्मीद नई आशाओं से
पुलकित यह जीवन हो
नव वर्ष मंगलमय हो।
छट जाएं दुःख के बादल
विघ्न बाधाएं सब खत्म हो
फूल खिलें खुशियों के घर आंगन में
चहुंदिश फैले प्रेम सुगंध हो
नव वर्ष मंगलमय हो।

सुनील कुमार

सौंधी खुशबू माटी की

सौंधी खुशबू माटी की
वतन की याद दिलाती है
प्रेम-अपनत्व की खुशबू
जीवन बगिया महकाती है।
सदकर्मों की खुशबू
व्यक्तित्व को महकाती है
संतानों के सुकर्मों की खुशबू
सारा कुल महकाती है।
मन के सुंदर भावों की खुशबू
दुश्मन को भी मीत बनाती है
जन-गण के चरित्र की खुशबू
वसुधा को महकाती है।
वीरों के शौर्य की खुशबू
मां भारती को महकाती है।

नया सवेरा

जीवन पथ पर जब तू
हिम्मत से बढ़ता जाएगा
राह की मुश्किलों से
हरगिज़ नहीं घबराएगा
सच कहता हूं जीवन में तेरे
एक नया सवेरा आएगा।
विघ्न-बाधाओं से जब तू
साहस से लड़ता जाएगा
तप कर सोने की तरह
कुंदन बन जाएगा
सच कहता हूं जीवन में तेरे
एक नया सवेरा आएगा।
छट जाएंगे दुःख के बादल
आनंद का पल भी आएगा
बीतेगी जब पतझड़ की रजनी
द्वार मधुमास भी आएगा
सच कहता हूं जीवन में तेरे
एक नया सवेरा आएगा।
बढ़ते कदमों को तेरे जब
कोई रोक नहीं पायेगा
तुझ पर हंसने वाला ही
जब तेरे गुण गाएगा
सच कहता हूं जीवन में तेरे
एक नया सवेरा आएगा।

सुनील कुमार

भारतीय संस्कृति

अनेकता में एकता की अनुपम मिसाल है
हमारी भारतीय संस्कृति बड़ी बेमिसाल है।
दया, करुणा, प्रेम, त्याग और बलिदान
भारतीय संस्कृति के स्तंभ आधार हैं
हमारी भारतीय संस्कृति बड़ी बेमिसाल है।
धर्म, दर्शन, साहित्य, कला, संस्कृति के अंग चार हैं
सत्यम-शिवम-सुंदरम इसके मूल विचार हैं
हमारी भारतीय संस्कृति बड़ी बेमिसाल है।
मिलजुल कर रहने की प्रवृत्ति हमारी
सिखाती सबको शुद्ध आचार- विचार है
हमारी भारतीय संस्कृति बड़ी बेमिसाल है।
संस्कृति के प्रकाश से प्रकाश मान सकल जहान है
संस्कृति हमारी उन्नति का आधार है।
प्रेम बंधुत्व, एकता अखंडता हमारी पहचान है।
बड़ी पावन सनातन संस्कृति हमारी
हमें हमारी संस्कृति पर अभिमान है।
हमारी भारतीय संस्कृति बड़ी बेमिसाल है।

उम्मीद

शमा उम्मीद की जलाए रखना
हौसला अपना बनाए रखना
आज नहीं तो कल मिल ही जाएगी मंजिल
जीवन पथ पर कदम बढ़ाए रखना।
सुख-दुःख तो चक्र है इस जीवन का
संकट में धैर्य तू बनाए रखना
शमा उम्मीद की जलाए रखना।
हर अंधेरी रात के बाद आती है एक नई सुबह
यह बात दिल में सदा बिठाए रखना
शमा उम्मीद की जलाए रखना।

****

उम्मीद से चलता यह जग सारा
उम्मीद से मिलता लक्ष्य हमारा
उम्मीद से होता जीवन उजियारा
उम्मीद से मिटता जग अंधियारा।
उम्मीद से होता सुखमय जीवन सारा
उम्मीद का न छोड़ो कभी सहारा
उम्मीद निराशा में आशा की किरण है
उम्मीद पतझड़ में लाती बसंत है
उम्मीद से है यह दुनिया कायम
उम्मीद का न छोड़ो कभी दामन।